KB103645

추천 글

끊임없이 배우고, 성찰하며, 행동하는 김희영 선생님의 삶의 여정이 참 멋지게 느껴집니다. 교사로서, 또한 세계시민으로서 치열하게 고민하고 찬란히 도전하는 선생님의 모습이 저에게 그러하였듯 이 책을 읽는 분들에게 따뜻한 위로와 용기를 전해주리라 생각합니다.

이지홍, 유네스코 아태교육원 교육연수실장

심리학자와 다큐 프로듀서, 오지 탐험 여행가 등이 되고 싶었던 교사가 학생들에게 바람직한 교육적 영향을 어떻게 주는지 잘 보여주는 교직 여행기. 나아가 이런저런 이유로 버겁고 힘들어하는 교사들에게 또한 학교 현장이 얼마나 의미 있고 가치 있는지 잘 일깨워 준다. 깊은 사념의 문장들이 곳곳에서 돋보이며 열정 가득한 수많은 시도가 좌충우돌 기분 좋게 육박해 온다.

허병두, 전 대통령직속교육개혁위원

어쨌든 교사
그래도 학교

그만둘까?

글 김희영
사진 이정훈

그만둘까?

따스한 선수와 지혜로운 후니에게 바칩니다.

여는 글

학교에는 다양한 모습의 교사들이 생활하고 있다. 태생부터 교직을 꿈꿔서 사회적 기대감에 적합한 모습대로 살아가는 교사가 먼저 눈에 띈다. 물론 생계형 교사도 주어진 자신의 역할에 충실하다. 하지만 교사가 바라던 직업이 아니었던 사람들도 드문드문 섞여 있다. 아이들을 만나 교수학습과 생활교육의 생방송을 해야 하는 일상에서 자신이 꿈꾸었던 다른 직업의 특성을 교육 활동 중에 풀어가는 일은 가능할까?

30년의 교육 경력을 가진 나는 학교 현장에서 부적절한 존재라는 생각에 오래도록 시달려왔다. 학교와 교사 그리고 무엇보다 교육이란 제도가 내게는 부담스럽고 어색하며 가끔은 우스꽝스러운 모습으로 비쳐 보였다. 그러다 문득 내가 재단한 옷과

수제 장식물을 이곳에서 펼쳐보자는 엉뚱한 발상을 하게 되었고 이 글들은 좌충우돌 나의 교직 여행기이다. 나는 여전히 매일매일 학교에서 다른 꿈을 꾸며 살아가고 있다.

먼저, 심리학자가 되고 싶었던 나는 학교에서 접하는 다양한 인간관계와 민원 처리에 심리학 지식을 활용한다. 가끔은 신기하게도 관계 갈등과 문제 상황이 실타래처럼 풀려나간다. 두 번째, 다큐 프로듀서를 희망했던 나는 공교육의 사각지대에 시선과 초점을 맞추려 각도를 조절한다. 줌인과 줌아웃을 통해 경계를 넘나드는 짜릿함이 있다. 세 번째, 오지 탐험 여행가를 꿈꾸었던 나는 세계시민 교육을 시도해보겠다며 이런저런 프로젝트를 밀어붙이고 있다. 가끔 운 좋게도 교육적 효과를 보기도 하지만 대부분은 실패와 성찰의 나날을 보내고 있다.

이 책에서는 정형화된 교사상이 아닌 다른 정체성으로도 교직 생활은 충분히 즐거울 수 있다고 이야기한다. 임용고시라는 장벽을 넘어 현실을 경험하고 있는 새내기 교사는 이 책을 통해 '나는 어떤 교사이고자 하는지' 찾게 되길 바란다. 10여 년의 교육 경력이 쌓여 조금은 학교생활에 활력을 찾고 싶은 중견 교사에게는 자신의 전문 영역이 무엇인지 발견하는 계기가 되길 소망한다. 20여 년의 시간이 지나 현장과 행정직의 갈림길에서서 고민하는 고경력 교사에게는 이 책이 스스로 '왜?'라는 질문에 답하는 해답지가 되길 기대한다. 그리고 마음과 다르게 30여 년의 세월이 금방 흘러 명예퇴직을 고려하는 교사에게는 여전히 학교가 무한한 매력을 지닌 가능성의 공간임을 나는 제안하고 싶다.

돌아 돌아 이곳에

김희영

차례

1부

나에게 말 건네기

봄

한 땀 한 땀 삶을 뜨개질하다.

직접 뜨개질로 제작한 니트 상의 두 벌

뜨개질, 스승으로 자리하다

남성 새들 숄더 니트 영상을 보며 10번째 실을 풀었다가 다시 목둘레 고무뜨기를 하고 있다. 올해 스물하고도 다섯 살이 된 딸아이가 내게 뜬금없이 새해 바람을 주문했다. 엄마가 떠준 스웨터를 입고 싶다는 날벼락 같은 요청을 날린 것이다. 모두의 스승인 유튜브가 너무도 친절한 일타강사였고 어렵지 않게 여자탑다운 기본 스웨터를 나흘 만에 완성해서 딸아이에게 입힐 수 있었다. 엄마는 겸손 빼고 다 잘한다는 비난 같은 찬사를 들을 때만 해도 아직 손가락이 녹슬지 않았다고 내심 흐뭇하기까지 했다. 왠지 아이를 키우면서 늘 한구석 부족하게 느꼈던 일하는 엄마의 죄책감을 일부 보상받는 듯도 하였다. 거기에서 접었어야 했다. 그런데 집에서 문서와 컴퓨터가 아닌 실과 대바늘을 붙들고 있는 내 모습을 지켜보던 남편이 슬쩍슬쩍 부러움이 가득한 눈빛으로 쳐다보는 것을 그만 내가 보고만 것이다.

　가족을 위해 여성의 시간과 정성을 오롯이 제공하는 것이 큰 기쁨이자 행복이라는 가치가 보편적인 시대에 결혼을 선택했다. 내 남편 잘나가는 모양 보며 뿌듯해하고 내 새끼 입에 밥 들어가는 거 보는 것이 가장 큰 보람이라는 시대적 규준이 불편했었다. 그렇다면 여성의 질적인 삶은 대체 어디서 찾아야 하는지 의문을 간직한 채 결혼 생활 25년이 흘러갔다. 내가 만족한 삶을 살아야 가족도 행복해진다는 신념에는 지금도 변함이 없다. 그런데 지천명을 넘긴 몇 해 전부터 내 마음 가운데 몇 가지 자각이 일기 시작했다. 나와 가족의 행복감에서 내가 우선순위여야 한다는 전제가 옳은 것인지 자성이 들었다. 또한 내 느낌이 가족들의 긍정적 정서와 곧바로 연결되는 것이 아닐 수도 있다는 가능성을 과연 내가 얼마나 열어 두었는지도 되묻게 되었다. 아울러 가족 구성원이 나로 인해 경험하는 깊은 우물 속을 들여다본 적이 있는지도.

　남편의 스웨터는 딸아이 것보다 2배나 넓고 긴 몸통을 만들어야 한다. 더구나 새로운 뜨개 기법으로 여러 번의 시행착오를 거쳐 완성되어 가고 있다. 덕분에 더 많이 들여다보고 더 자주 몸에 대어보며 진행하는 과정이 녹록지 않다. 스웨터 뜨기처럼 딸아이는 혼자 절로 자란 듯 어려운 상황이 적었다. 반면 남편의 스웨터는 마치 손이 많이 가는 어른 같다. 뜨개질하는 동안 내가 연신 투덜대는데 남편은 별로 억울해하지 않는 표정이다. 누군가가 나를 위해 진심으로 몸과 마음을 기울이는 모습을 보면 상대방은 벅차오르는 훈훈함과 동지애가 생겨나는가 보다. 남편과 딸이 이렇게 따스한 눈빛으로 나를 바라봐 준 기억이 가물거린다. 타인을 위한다는 것이 가끔은 간섭이나 통제의 다른 이름으로 허울을 쓰기도 하는 장면들을 나는 종종 목격해 왔다. 하지만 상대를 위한다는 행위가 그에게 저항과 부정적 감정을 일으키지 않는다면 삶이 주는 선물이자 오래 머물고 싶은 휴머니티임에 분명하다.

한 땀도 그냥 걸러서는 안 된다. 놓친 코는 그다음 코와 단에도 영향이 지속된다. 그래서 실수를 빨리 수정하지 않으면 더 많이 고단한 과정을 거쳐야 하는 뜨개질이 삶의 그것과 매우 닮아있다. 언제쯤 완성될까 지루한 마음이 들 때도 있다. 그런데 그저 묵묵히 실행해 가다 보면 서서히 그 자태를 드러내는 성취감도 자못 크다. 실의 굵기에 적합한 바늘의 두께를 고르고 시작 코를 표시하는 기준점을 상정한다. 그리고 코를 늘리고 줄이는 시점을 적절히 활용함으로써 변주를 가하는 과정이 기본 패턴에 색다른 묘미를 전해주기도 한다. 생계를 보조하기 위해 밤새 대바늘을 쥐었던 친정엄마의 무거운 어깨가 소일거리 삼아 즐기는 내 손놀림에 중첩되어 시야가 흐릿해지기도 했었다. 과하게 몰입하여 장시간 작업하다 담이 걸리는 날은 잔뜩 엉켜있는 내 욕심 자락을 조심히 당겨 풀어내기도 한다. 뜨개질은 겨우내 나의 스승이었다.

첫걸음

독자의 역할을 하는 동안 나는 철저히 객체로 머무른다. 읽는 동안 작가의 큰 그림과 섬세한 표현법을 직관적으로 만나 화자와 내가 물아일체 되는 행운이 가끔 찾아오기도 한다. 그런데 내가 '그 글의 저자였다면 어떠했을까'라는 주제로 글쓰기를 요청한 스승의 과제는 미지의 체험처럼 낯설게 다가오는 상상이었다. 이 글을 쓰기 전 나의 막막함은 그렇게 시작되었다. 도서 선정부터가 난제였다. 책의 내용이 내 삶에 미친 영향력의 정도가 선택의 기준이어야 할까? 작가의 문체와 구성의 탁월함이 근거가 되어야 하나? 수업하는 도중에도 책 제목이 불쑥불쑥 떠오르곤 했다. 글의 전개 순서와 방식은 또 어떻게 이어 나가야 할지도 고민거리 중 하나였다. 책의 발행 순서로 제시하는 것이 연대기별로 읽기 좋은 걸까? 내가 책을 접한 시기대로 나열하는 것이 매듭을 지어나가는 데 더 흥미로울지 등등. 엉킨 실타래를 풀어 어느 정도 얼거리를 찾고 나서야 비로소 첫 번째 발걸음을 옮길 수 있었다.

　윤호균 선생님의 '삶, 상담, 상담자'라는 책이 나의 첫 번째 선택이다. 한국심리학회지에 발표된 당신의 연구논문 8편을 모아 포켓본 크기로 1983년에 발행된 책자이다. 진로 선택의 결정적 시기인 고등학교 3학년 때 심리학과를 진학하겠다는 내 결심에 '그 공부해서 밥 먹고 살겠느냐?'고 아버지는 일갈했다. 반항인지 미련인지 모르겠으나 윤리 교육과를 선택하고도 늘 마음은 심리학과 주변을 서성거렸다. 교사가 되고도 일편단심은 변하지 않았고 교사 3년 차에 결국 상담 심리학을 공부할 수 있게 되었다. 책의 저자를 스승으로 모시고 싶었으나 인연의 자락은 그렇게 흘러가지 못했다. 그래서 인생 책을 소개하는 자리가 있을 때마다 난 이 도서를 서슴지 않고 내어놓는다. 그의 커다란 그림자 한 귀퉁이 정도의 상담자가 되고 싶다고 염원한 적도 있었으나 그것 역시 희미한 음영으로 기억 어딘가에 잠들어 있다.

　할 일 없이 서점가를 배회하다 마음에 드는 책을 골라 드는 습관 덕분에 이사 때마다 번번이 벽면 한쪽의 도서를 고물상에

헐값으로 팔아넘기곤 한다. 비록 그런 수고로움을 자처하더라도 대학 새내기 때 우연히 이 책을 만난 이후로 난 여전히 오프라인의 서점을 기웃거리고 있다. 신영복 교수의 '감옥으로부터의 사색'이 그 주인공이다. 표지 안쪽 흑백의 프로필에 나오는 사진 속 작가는 강직한 입매와 신념 어린 눈빛으로 예사롭지 않게 한곳을 응시하고 있다. 지식인의 고뇌가 가득 담긴 표정과 함께 붉은 글씨로 책 내용의 한 문단을 인용하며 이 책은 포문을 열고 있다. 한 여름밤 옆에 누운 수인이 절망적인 관계의 불행을 일으키는 존재라는 고백과 그 사실이 저자에게는 가장 가혹한 형벌이라는 자각은 내게 죽비의 '할'이었다. 양심수라는 이름으로 옳음을 지키기 위해 육신을 오랫동안 통제당하는 고통을 감내하는 그의 올곧음이 궁금해졌었다. 계수와 형수 그리고 부모님께 드리는 서신의 형태로 표현된 그의 글은 겸손하고 진지했다. 작가의 문체는 이후 내 글에 깊은 영향을 주었다.

사실 나는 수필의 장르를 일상의 감상적인 글줄의 모음 정도로 그 당시 치부했었다. 그런데 닫힌 형벌의 공간에서 발견한 깨달음과 성찰의 흔적을 진솔하게 담은 그의 에세이는 격조 있는 청자의 모양새였다. 너른 곳에서 자유인으로 살아가고 있는 듯 보이지만 그 당시 나는 마음의 감옥살이를 하고 있었다. 그의 글을 통해 나는 한없는 부끄러움의 심연으로 곤두박질을 쳤었다. 내 삶 궁리에만 골몰했던 내게 연대와 공감이란 덕목이 얼마나 가치 있는지 일러 주었다. 그리고 무엇보다 함께 잘 사는 것이 왜 중요한지 그는 고요히 내게 소리치고 있었다. 명언 모음집처럼 책장 모서리를 접고 감명 깊은 부분에 해당 문단을 꺾쇠로 표시해둔 이 책은 내게 삶의 명상록이자 글쓰기 선생님이었다.

 방학의 주제를 대하소설로 소일거리 했던 교사 생활 10년 차 즈음. 최명희의 혼불을 대면하게 되었다. 아리랑과 태백산맥 정도는 대학가 필독서였던 시절이었던 만큼 혼불 10권의 장편이 그리 버겁지 않게 느껴졌던 건 시대적 영향 덕분이었으리라. 3대를 넘나드는 서사와 방대한 민속학적 자료 그리고 화통하면서도 섬세한 그녀의 문맥은 17년 동안 온 힘을 다하고 사그라질 만한 명작이었다.

 개인에게 삶이란 무엇이며 가정의 기능은 어떠해야 하는지 묻고 있었다. 그리고 인간이 만든 사회의 제도가 던져주는 무게감과 그로 인한 한계는 어디까지인지도. 그녀의 소설은 국가는 누구와 무엇을 위해 존재하는 공동체인지를 생각하게 하는 철학서이자 인류학 서적이었다. 또한 등장인물들에 대한 깊이 있는 묘사와 얽힌 관계의 설정에 따른 갈등 구조는 심리학 전공서적 이상의 전문적 해법을 보여주었다. 특히 그녀가 사용하는 모국어에 한없는 경의를 표하고 싶었다. 국어사전에 용례를 찾아보기 어려운 단어들을 사용하기도 하였으며 전라북도 남원의 방언을 처연한 아름다움으로 승화시킨 점도 작가의 혼이 담기지 않았더라면 불가능한 일이었다. 태생이 전라도임에도 방언을 사용하지 않는 나는 가끔 나의 정체성을 자문하곤 한다. 지금의 내 표준어 사용이 노력의 결과이건 부인 기제의 방어이건 간에 두 언어를 사용하는 나를 언제부터인가 수용하기로 하였다. '내 삶의 魂이 궁금하여…'라는 1권 책의 첫 페이지, 자필의 문구가 의미하는 바는 무엇이었을까? 2003년 6월 19일 나는 내 혼불의 일부를 보고 싶었던 것일까? 보았던 것일까? 보게 되리라는 예측이었을까? 되도록 멀리 원 가족과 고향을 등지고 싶었던 내 스물다섯 해와 타향으로 이주해 또 다른 스물여덟 해를 보낸 지금 나는 어떠한 삶을 살고 있는지 묻게 된다.

독자를 상상하며 이야기를 전개하는 시도는 아무나 하는 일이 아니라는 두려움이 먼저였을까? 넘쳐나는 생각 자락과 감정의 홍수를 독백으로 쏟아내다 자판을 두드리는 습성이 고착돼서일까? 요구되는 주제를 제한된 기간에 적어가는 발걸음은 제법 묵직한 압박감을 지닌 채 첫발을 떼기가 쉽지 않았다. 엄마 손을 놓고 뒤뚱거리며 걸어가는 돌쟁이의 씰룩거리는 엉덩이를 바라보는 듯하다. 우습지만 귀여운 미소를 보내기로 하자. 버티고 있던 다른 발이 안전하게 한 걸음 앞으로 착지하기를 응원하며 나를 도닥인다.

1부

나에게

말

건네기

여름

담담히 뿌리를 내린다.

칠레 파타고니아에서 만난 고사목

뿌리를 드러내는 일

"말투가 아래쪽이 아니네. 거기 사람들은 억양에서 금방 드러나는데, 그쪽 사람들은 사투리 쓰는 걸 부끄러워하더라. 그래서 서울 말씨를 쓴다니깐."
목소리의 색깔과 말의 강약 그리고 장단과 높낮이는 처음 보는 사람의 배경을 추측해 얻을 수 있는 중요한 기본 정보 가운데 하나이다. 조금 친밀해진 상대방은 내가 태어난 곳을 확인하고는 이내 의아한 표정들을 짓곤 했다. 반면 판단에 혼란을 제공한 나는 치기 어린 승리감과 태생에 대한 부정으로 씁쓸해지곤 하였다. 그때부터일까? 내 말본새가 바뀌게 된 게.

억압된 입시 구조에서 벗어나 내가 즐길 수 있을 만한 소재를 찾아 캠퍼스 구석구석을 배회하던 대학 초년생 시절. 자신이 원하던 공부를 하기 위해 당시 근무하던 학교를 사직한 고등학교 은사는 내게 대학 방송국을 권유했다. 넓은 공간과 낯선 사람들로 가득해 가뜩이나 위축된 나는 의심스러운 눈빛으로 선생님을 바라보았다. 하지만 스승은 내가 아니면 누구이겠냐는 확신을 강렬하게 심어주었다. 자신의 흥미와 역량을 잘 가늠하지 못했던 내게 그분의 제안은 대안 없는 선택이었다.

권유받았던 아나운서보다는 직접 글을 쓰고 진행하는 프로듀서가 당시의 내게는 훨씬 매력적으로 다가왔다. 아마도 잠재되어 있던 삶의 주체성에 대한 욕구가 드러나는 시작점이었나 보다. 운 좋게 합격하고 고등학교 시절과 유사한 등하교가 시작되었다. 캠퍼스가 너른 지방 국립대학의 특성상 곳곳에 설치된 스피커를 통해 울려 퍼지던 프로그램 시그널뮤직이 지금도 귓가에 맴돈다. 시사와 음악 프로그램 진행을 맡았던 나는 혹독한 말하기 연습을 자청하였다. 대본을 읽어 녹음하고 발음과 억양 그리고 장단과 고저 등을 수없이 수정하는 과정을 반복했다.

그 지루한 표준어 말하기 훈련이 힘들지 않고 즐거웠던 까닭이 무엇이었을까 떠올려본다. 너른 세상으로 나아가고팠던 나의 날개를 접게 만든 가난으로부터의 도피였을까? 롤 모델이던 스승의 서울 말씨를 따라 하면 나도 교양인이 될 수 있을지 모른다는 착각 때문이었을까? 나를 제한된 프레임 속에 규정짓지 못하도록 중성적인 정체성을 가지고픈 욕망이었을까? 정치적 소외에 대한 억울한 정서와 그에 따른 투쟁으로 특징지어지는 소속 집단의 무의식에 동참하지 않겠다는 의지였을까?

겨울 숲, 드러난 나무뿌리를 만나는 일은 봄의 희망이라고 다독이기엔 아득히 먼 내일의 이야기 같다. 땅 위로 노출되는 탓에 밟히고 손상되기도 하지만 가늠하기 어려운 깊이로 인해 매서운 바람과 압력을 견뎌내고 있다. 뿌리는 줄기와 잎 그리고 꽃과 열매가 성장하도록 음지에서 끊임없이 양분을 제공하는 역할을 묵묵히 수행해낸다. 수명을 다하는 그 순간까지 안으로 곁으로 뻗어나가는 것이 그의 숙명일 터이다. 가끔은 바깥 구경도 나가지만 담담히 그의 지하 세계를 서서히 채워 나간다.

선택지의 두 얼굴

모든 선택의 기회비용은 똑같다. 이는 살아오는 동안 내가 포기한 것들에 대해 후회와 자책을 위안하기 위한 나의 명제였다. 며칠 전부터 아파트 층계 도장을 위해 비상구 출입이 금지되었다. 여느 아침처럼 출근하기 위해 현관문을 나서서 습관처럼 초록 문으로 향했다. 문에는 사용을 제한한다는 안내 문구가 노란 띠지로 부착되어 있었다. 25층부터 내려오는 엘리베이터를 기다리며 텀블러에 담긴 커피를 향기와 함께 몇 모금 삼켰다. 그 순간 문득 선택지가 없다는 것이 어쩌면 삶의 여유와 만족을 극대화할 수도 있다는 통찰이 스쳐 지나갔다. 평소 덩그러니 빈자리를 차지하던 의자에 잠시 쉼표를 부여하니 몇 가지 추억들이 소환되었다.

대학 졸업을 앞두고 임용고시를 보지 않았더라면 혹은 결혼하지 않았더라면 하는 가정을 해본다. 그리고 박사학위를 받았더라면 이나 딸아이가 대안학교를 다녔더라면 등등. 하지만 내가 무엇인가를 선택하기 전 쏟았던 시간과 정성의 매몰 비용은 무엇으로도 교환하기 어려운 가치라고 믿고 싶었다. 교사가 되어 학생들과 영혼의 교감을 나눌 때는 접었던 프로듀서의 꿈을 까맣게 잊었었다. 온유하고 한결같은 남편으로 인해 평화로운 일상을 맞이하는 날에는 싱글의 자유로움이 기억나지 않았다. 두꺼운 전공 서적을 책상 한곳에 밀어놓고 단잠을 자고 난 아침 녘엔 박사 경력 한 줄의 명예가 무의미했다. 딸아이가 공립학교 재학 중 열두 번째 개근상을 받아 보여줄 땐 그의 신중한 결정에 감사함이 밀려왔다.

그렇지만 방송인으로서의 도전적인 삶과 홀로 오지를 탐험하는 경이로운 시간은 무엇으로도 대신할 수 없었을지도 모른다. 또한 연구자로서 경험했을 깊은 전문성과 딸아이가 만족했을지도 모를 자율적인 교육 환경의 기회를 잃어버린 암묵적 비용은 가끔 생각나기도 한다. 더구나 선택함으로써 치러야 할 명시적 비용의 명세표들이 내 눈앞에 쏟아질 때는 특히나 그렇다. 학생과 학부모의 민원이 이어지던 어느 행사 주간이나 귀신이 방문하는 한밤중 12시가 제사 의식을 행하는 최적의 시간임을 고집

하는 남편을 만날 때는 다른 선택이 그립다. 일과 육아를 병행하며 종합시험과 논문을 준비하는 동안 잃어가던 건강은 내게 큰 교훈이 되었다. 무엇보다 원하는 전공을 선택하고도 두 번째 휴학을 경험하는 딸아이의 한숨이 길어지는 모습을 볼 때는 더욱 강력하게 대안 교육기관을 제안했어야 했다며 머리를 흔들던 시간도 분명 떠오른다.

아침 스트레칭을 하다가 허리가 굽혀지지 않는다며 남편이 한마디 한다. "다 당신 때문이야." 24년간 내가 본인 탓을 하며 살았으니 이제부턴 나에게 원망하며 위로받고 싶다나. 평생토록 종손이라는 책임의 무게에 짓눌려온 남편의 투정이 반갑기 그지없다. 덕분에 하루의 시작을 피식 웃으며 맞이한다.

1부

나에게

말

건네기

가을

책갈피에 쓰여 있는 '책 속에 길이 있다'가 섬광처럼
꽂혔다.

삶의 나침반이 되어준 책
『삶, 상담, 상담자』 윤호균, 문지사, 1982

쉼표와 독서가 만나는 길

주변의 만류를 무릅쓰고 휴학을 결심했던 대학 2학년 2학기 9월 무렵이었다. 마지못해 치러내는 과외 아르바이트와 전공과목에 대한 불만족 그리고 동아리나 학과 친구들에게 별 의미를 찾지 못했던 시기였다. 그 당시 내가 간절히 원했던 것은 마음 없이 몸만을 담고 있는 곳으로부터 잠시 떠나보는 시도였다. 낯익음으로부터의 일탈과 무소속이 주는 자유가 그때의 내겐 아마도 유일한 선택지였나 보다. 휴학에 관련된 절차를 마치고 버스를 타기 위해 터벅터벅 대학가의 가로수길을 걷던 그날은 여름의 끝자락이 남아있는 요즘보다 조금 이른 가을이었다.

길을 걷다 우연히 들른 허름한 책방에서 눈에 띄는 소설책

하나를 집어 들고 책값을 내었다. 일상에서 서두를 일 따위는 아무것도 없다는 듯한 인상의 주인아저씨는 거스름돈을 건네주며 코팅된 책갈피 하나를 책 사이에 끼워주었다. 발 닿는 곳 어디쯤 벤치에 앉아 손에 쥔 책의 첫 장을 펼쳤지만 까만 글들은 눈에 들어오지 않았다. 한참 후 책을 접고 일어서려다 휘리릭 떨어지는 책갈피를 주워들었다. '책 속에 길이 있다.' 어느 교과서에서 혹은 어른들에게서 셀 수 없이 들었음 직한 그 문구가 내게 섬광처럼 스친 것은 아마도 이 글의 독자를 만나기 위한 작은 인연이 아니었나 싶다.

내 결정이 옳다고 생각해 실천한, 그렇다고 독립된 어른의 자격도 주어지지 않은 아주 모호하고 무엇으로 규정하기 어려운 사회적 정체성이 부여되었다. 나를 아는 주변 사람들의 예견된 우려와 불안만큼 나는 생의 목표와 방향을 상실한 듯 보였다. 하지만 겨울 태양 같던 그 공백의 시기에 나는 가고 싶은 인생의 길을 발견하는 결정적인 행운을 얻을 수 있었다. 그 당시 학교를 사직하고 불혹의 나이에 만학의 기쁨과 고통을 친구 삼아 걷고 계셨던 고등학교 때의 영어 선생님께서 전해주신 한 권의 책을 통해.

'바른 사람이 그른 진리를 말하면 그른 진리라도 모두 바르게 되고, 그른 사람이 바른 진리를 말하면 바른 진리라도 모두 그

르게 된다.'라는 법구경의 한 구절을 인용하며 머리말을 시작한 윤호균 선생님의 '삶, 상담, 상담자'라는 책이 바로 그것이었다. 한국심리학회지에 발표된 당신의 연구논문 8편을 모아 놓은 200여 페이지의 소박한 책자였다. 이 책은 당시 좌표를 잃어버려 굴리던 바퀴를 잠시 유예하고 있는 내게 북극성의 위치를 환히 밝혀주는 촛불이었다. 이는 우리가 살아가며 드물게 겪게 되는 기적과 같은 우연의 묘미일까? 무모하게도 휴학이라는 잠시 멈춤을 선택한 내게 주는 작은 보상이었을까?

제목으로만 보아 실천이 부족한 학자의 철학적 관점을 나열해놓은 내용이거나 다소 메마른 연구논문의 모음이겠다는 내 선입관은 책의 서두를 읽으며 이미 깨어지고 있었다. 한 단어 그리고 한 문장이 그의 숨소리를 고스란히 옮겨놓은 듯했다. 본문에서는 상담의 역사가 짧은 이 나라의 연구자로서 느끼는 고뇌와 한국적인 상담을 도모하고자 최선을 다하는 그의 열정이 진하게 담겨있었다. 더불어 자신이 스스로 문제를 가진 사람으로서 '상담의 사례'라는 고백은 깊은 감동으로 전해왔다. 이미 그는 자신의 삶과 이론을 훌륭하게 통합하고 있음을 알 수 있었다. 또한 한국 상담의 살아있는 역사로 기억될만한 선승이었다.

혹시 결정론적인 인생관을 가지고 있는 사람이라면 나와 이 책의 만남은 아마도 예정된 것이 아니었겠느냐고 말할 수도 있겠다. 책에서는 40여 년 상담 분야에 온 힘을 쏟은 결과 그가 생각하는 한국적인 상담의 위상과 상담자의 태도를 제시하였다. 또한 자서전적인 작가 자신의 살아가는 가치와 규준을 노출하였다. 이 책을 통해 나는 그 당시 내가 갈 길이 바로 상담자의 여정임을 확신할 수 있게 되었다. 그리고 지금 행복하게도 나는 그 순례의 걸음을 걷는 중이다. 이 책은 나에게 하루하루를 그저 그냥 살아가기에는 내가 이뤄야 할 수행 과제가 많음을 일깨워주는 계발서이며 학교라는 공간에서 내가 어떤 역할을 담당해야 하는지를 알려주는 지침서였다.

휴학 중이었던 그 시절에 영어 선생님을 통해 작고 초라한 그 책을 만나지 못했거나 그 책을 지루하고 딱딱한 연구논문집쯤으로 생각한 나머지 서가의 한 귀퉁이에 꽂아 놓았더라면 어떠했을지 상상해 본다. 그랬더라면 현재 나의 모습은 매일 부딪히는 아이들과의 실랑이에 적당히 타협하고 지쳐있는 교사의 모습이었을 터이다. 물론 내가 그 책을 읽고도 그의 글에 매료되지 않았다면 현재의 나는 존재하지 않았을 것이다. 그런 점에서 아마도 내 안에 상담자로서의 심지가 이미 자리하고 있었을지도 모르겠다. 그 마른 실오라기에 불을 붙여준 그의 저서는 그저 열심히만 살면 된다는 북극 쇄빙선이었던 내게 삶의 지도이자 나침반과 망원경의 역할을 해주었다.

각자의 생애에서 멈출 수 없는 진로의 발걸음에 언제 어느 정도의 쉼표가 적절하고 필요한지, 과연 필요하기는 한 건지 이 글을 쓰고 있는 지금도 나는 확신할 수 없다. 적어도 내게 있어 20살 때의 꿈을 30여 년 하고도 두 해가 흐른 지금 우연히 만난 그 책으로 인해 실현하고 산다면 난 억세게 운 좋은 사람임이 틀림없다. 혹시 지금 쉼을 고민하는 여러분의 곁에 놓인 그 책에 당신이 간절히 가고 싶어 하는 그 길이 나 있지 않을까?

글쓰기란 나에게

글을 쓰고 싶은 나의 욕구는 무엇일까 생각한다. 글 안에서 숨 쉴 수 있는 자유를 찾고 싶은 것일까? 글의 힘으로 사람들과 사건들에 영향을 미칠 수 있다는 가능성 때문일까? 나의 글을 통해 독자들이 느끼게 될 너울대는 감정의 파도타기가 즐거운 것일까? 아니면 인류의 가장 고차원적인 사고와 행동 방식을 사용함으로써 호모사피엔스의 일원임을 느끼고자 하는 소속감일까? 그도 아니면 향후 밥벌이의 수단으로 어찌할 수 없는 선택일까?

강한 내적 동기가 생기지 않으면 잘 움직이지 않는 나의 특성과 글쓰기는 매우 흡사한 성향을 지니고 있다. 인간에게 강제

할 수 없는 행동들이 그렇듯 글쓰기는 특히 외적인 강요로 시도될 수 있는 영역이 아니다. 가능할 수는 있겠지만 그것은 필사에 가까운 반복일 것이다. 나의 눈으로 자신과 타인 그리고 세상을 바라보고 해석하며 오롯이 자신의 언어로 표현할 수 있는 창작을 지금까지 선뜻 시도하지 못했던 내 변명이기도 하다.

자신에 대해서는 너무 깊이 파헤쳐 들어가고 타인과 세상에는 수많은 주파수를 맞춰 관찰하고 사유하는 나의 가치 편향적인 직관과 통찰력이 글쓰기에 또 하나의 걸림돌이다. 나를 드러내는 일에는 불편하리만큼 과감한 노출을 통해 어색함의 징검다리를 놓곤 한다. 한편 주변 사람과 세상일에 관한 염려와 애정은 매우 다양한 나머지 특정 목표와 주제를 선뜻 택하지 못하고 여기저기 흘깃거리다 말기가 일쑤다.

글쓰기가 좋으면서도 책을 군이 내야 하는지에 대한 대답도 아직 찾지 못했다. 그런데 유네스코 아시아 태평양 국제이해교육원(APCEIU)에서 주최한 책쓰기 과정을 신청한 까닭은 무엇인지부터 다시 마음속에서 샅샅이 뒤져 보아야겠다. 사금파리들을 한데 모아 마을 입구 토담 벽을 아름답게 장식한 공주 도예촌이 문득 떠오른다. 다양한 소재와 빛깔의 조각들이 잘 어우러져 한 편의 작품으로 구성한 조각가의 솜씨가 예사롭지 않아 보였다. 각각의 편린들을 조화롭게 하나처럼 만든 그것에 답이 있을까?

●

2부

학교에

말

건네기

1교시

거리를 두며 걷는다.

모로코의 사하라를 베르베르족의 인도하에 건너는 모습

돌봄과 사랑의 경계

"니가 뭣을 했간디 그러냐?" 신장암 3기로 왼쪽 신장 한쪽을 절제하고 갈비뼈를 벌려 당신의 다리 혈관을 이식하는 관상동맥 우회술을 받고 난 엄마가 섬망 증세를 보이며 내게 뱉은 독설이었다. 여든을 훌쩍 넘긴 엄마는 수술을 망설이다 생에 대한 강한 의욕을 보이시며 불안감을 가득 안고서 수술대에 몸을 누이셨다. 아버지와 우리 네 형제는 수술 중 사망할 수도 있다는 집도의의 선고를 엄마에게 알리지 않기로 했다. 배려인지 무책임인지 모를 모호한 결정을 우리가 내리게 된 까닭은 제각기 달랐다. 난 평생토록 자아라는 것을 가져 보았을지 의구심이 드는 엄마의 이타성이 생을 마감할 수 있다는 사실 앞에 못내 아쉬웠다. 그리고 그건 아직 아내와 엄마를 떠나보낼 준비가 안

된 우리의 얄팍한 이기심의 결과였다. 가족의 생사를 좌우하는 선택은 무척이나 힘겹고 혼란스러운 경험이었다. 더구나 당사자가 그 사실을 알지 못할 때는 더더욱.

수술 후 지혈이 되지 않아 다시 절개한 가슴 부위를 열어야 한다는 새벽녘 주치의의 전화선 넘어 담담한 목소리는 내 기억의 한 자락에 아직도 선연히 남아있다. 네 형제 중 막내인 나는 엄마의 입원부터 퇴원까지 45일 동안의 긴 여정에 필요한 세부사항을 점검하고 언니와 오빠들에게 역할을 부여하는 주도성을 어김없이 발휘했다. 어른이 되고부터 아니 정확히는 형제들이 결혼을 통해 새로운 가정을 만들고 나서부터 부모와 가장 오래 살게 된 내가 중요한 의사결정의 주체로 어느 순간 자리매김되어 있었다. 그건 나에 대한 부모의 신뢰를 바탕으로 만들어진 모래성이었다. 또한, 결혼한 세 형제가 자기 가족을 돌보는 것이 우선이라는 기준의 결론이기도 했다. 모두가 내 위치에 동의한 우리 가족만의 보이지 않는 규칙이었다. 적어도 엄마가 내게 비수와 같은 그 말을 토해내기 전까지는.

자신을 보호하기 위해 상대에게 침을 쏘아버린 후 버둥대는 꿀벌처럼 엄마는 잠시 머뭇거리다가 이내 본인의 말을 주워 담느라 당황해 어쩔 줄 몰라 하셨다. 당신이 좀 전에 무슨 말을 했느냐며 정신이 나간 모양이라고 자책을 연발했다. 내게는 마음 쓰지 말라며 순간의 말실수이니 잊어버리라고 연신 당부했다. 내가 아니었으면 당신이 지금 살아있는 목숨이겠냐고 울먹이셨다. 할 수만 있다면 그 말을 내뱉기 전의 5초 전으로 돌아가고 싶어 하는 절박함에 난 괜찮다며 다음을 약속했다. 전화를 끊고 한동안 멍해진 나는 명치끝부터 올라오는 속울음을 부끄러움도 잊은 채 목놓아 터트렸다. 그렇게 나는 무너졌고 불명열이라는 감염 내과의 진단명으로 생애 처음 공진단이라는 비싼 보약을 한 달간 조석으로 흡입하는 호사를 누렸다.

프로이트의 이론에 바탕 하지 않더라도 원 가족의 영향력이 내 존재와 삶에 미치는 정도가 어떠할지는 쉽게 짐작할 수 있다. 그들로부터 나를 분리하기 위한 합리화 도구가 내게는 이론의 무장이었고 10대부터 심리학을 공부하고 싶다는 열망이 그렇게 비롯되었다는 사실을 꽤 오랜 시간이 지난 후에야 인정하게 되었다. 사랑하므로 돌볼 대상이 생겨나고 그럴 수 있는 내 조건과 환경에 감사한다. 하지만 돌봄의 무게가 사랑마저 외면하고 싶어질 때 난 그 경계의 모서리에서 초라하고 위태로운 나를 만난다. 오늘도 학생들을 집이 아닌 학원으로 보낸 방과 후 시간에 교무실에서 몇몇 교사들과 얘기꽃을 피운다. 섬세한 돌봄이 더욱 많이 필요한 어떤 아이들에게 학교라는 공간은 부적절한 곳일지도 모른다며 우리의 버거운 사랑을 서로 확인하고는 잠깐 안도하고 이내 일상을 나눈다.

거리 두기, 그리고 멀리 두기

"우리 거리 두기할까요?" 복도 질서 지도를 빌미 삼아 아이들에게 방역 수칙을 주문처럼 요구한다. '거리두기'란 말이 일상어로 자리 잡은 지 2년 반이 흘렀다. 그건 상대가 뿜어내는 비말로부터의 영향을 최소화하기 위한 최대의 전략일 것이다. 또한 일정한 간격을 두고 관계를 이어가라는 배려의 신호 체계로도 읽힌다. 평소 수업할 때의 내 목소리와는 달리 다소 낮고 굵직한 음색의 요청이 무엇을 의미하는지 학생들은 금방 알아차린다. 삼삼오오 모여있던 그들은 힐끗거리며 흩어지는 듯한 제스처를 취해 준다. '서로 떨어지라고' 주문하고 '접점을 만들지 말라고' 외쳐댄다. 그게 지금의 너와 나 그리고 우리를 위해 가장 좋은 교육적 실천이라고 나는 오늘도 아이들에게 소리치고 있다.

물리적 거리가 심리적 거리와 비례한다는 연구 결과를 힘주어 말씀하시던 대학원 때 교수님은 일 년 중 364일을 연구실에서 사는 분이셨다. 종손인데 딸만 다섯 명을 둔 자신은 가족과 만나는 일이 극히 드물다고 언젠가 대화를 나누다 말씀하셨다. 그래서 대학원생들과의 식사가 당신 인생의 유일한 나눔이라고 고백 아닌 고백을 하곤 하셨다. 자발적인 존경과 나의 내면 깊숙한 어딘가에서 뿜어져 나오는 친밀한 식사 자리가 아닌 까닭에 그 시간은 내내 불편함으로 자리했다. 강요된 밥상 공동체는 나와 비슷한 생각을 공유한 몇몇 대학원생들의 의기투합으로 결국 와해되고 말았다. 나를 포함한 동지 몇몇이 그분과의 거리 두기를 실천하지 않았더라면 아름답고 오랜 사제관계가 지속되어 발효된 장맛처럼 깊어졌을까 되새김질해 본다.

언니가 맹장염으로 닷새 동안 입원해 퇴원했다는 소식을 엄마에게 전해 들었다. 언니랑 연락이 끊긴 건 6개월여 전 외조카의 취업 후 결혼에 대한 조언이 화근이었다. 임용고시를 세 번 낙방하고 현재 초등학교 행정실에 근무하고 있는 조카가 어느 날 이모인 날 만나러 찾아온다는 것이다. 7년여 캠퍼스 커플이었던 남자친구와 조카는 헤어지고서 최근 학교에서 만난 컴퓨터 AS 기사와 만나고 있다는 내용이었다. 자수성가형인 그는 결혼에 대한 준비로 아파트 한 채를 내세웠으나 언니의 마음속에는 무엇 하나 흡족하지 못한 사윗감이었다. 그와의 결혼을 선택하려는 조카에게 나는 진정한 독립이란 모름지기 부모로부터 경제적인 면과 더불어 심리적 분리까지를 의미하는 거라며 언니의 선택을 지원하는 아군이 되어주지 못했다.

경계선 지능을 가진 학생의 부모님과 상담을 약속한 날이다. 전화선 너머로만 확인한 엄마의 긴장되고 불안한 목소리는 여전히 학교와 교사가 멀리 느껴지는 어려운 존재인 듯 여겨진다. 남편도 아이의 상황을 알아야 한다며 동행해도 되냐는 질문에 물론이라고 답해주었다. 아마도 가정에서 부모의 양육관이 다소 다르거나 충돌이 있음을 짐작할 수 있는 물음이다. 아이가 경험하는 온 오프라인의 학습을 엄마는 그림자처럼 함께 수행하고 있어서 아이의 학습상태를 정확하게 판단하기는 쉽지 않다. 그저 대면에서 만나는 그 친구의 열의와 정성이 적응 여부를 관찰할 수 있는 전부이다. 그것이 아이 스스로 선택한 가치인지 혹은 여과 없이 흡수된 엄마의 훈육 결과 인지와는 무관하게 항상 열심인 아이와 고단한 엄마는 늘 한 몸처럼 밀착해 있다.

사회적 거리 두기의 이론적 근거로는 심리학자인 에드워드 홀의 근접학 이론을 바탕으로 하고 있어 보인다. 그는 친밀한 거리를 46cm 이내로 규정하고 개인적 거리는 1.2m 미만이며 사회적 거리는 그 이상으로 설정하고 있다. 솔직히 인간관계에서 친밀감의 정도와 마음의 거리를 객관적인 수치로 양적 개념화할 수 있는지는 잘 모르겠다. 그렇지만 나는 대학원 때의 교수님과 언니 그리고 학부모님과 합리적 거리 두기를 실천한다고 내심 자부했었다. 고슴도치의 사랑처럼 가까이 갈수록 서로에게 상처만 남기는 순애보는 오히려 질적인 관계를 해칠 뿐이라고 위로하면서. 투명막에 가려져 직접적으로 소통하지 못하는 것을 핑계로 난 그들과 내 삶의 가치와 방향이 다르다는 편견에 거리 두기가 아닌 멀리 두기를 행하고 있는 건 아니었을지 묻는다.

2부

학교에

말

건네기

4교시

내 선택에 내가 묻고 내 문답으로 답하다.

차를 마시는 성찰의 시간을 통해 글 소재를 정리

왜 그랬어?

"왜 그랬어?"

최대한 부드럽고 낮은 목소리로 '왜'보다는 '그으래애앴어?'에 힘을 주어 묻는다. 아이는 바로 "제가 안 했어요.(미간을 잔뜩 찌푸리고 씩씩대며)" 하거나 "으음…. (눈가가 붉어지며 눈물이 그렁그렁)"의 반응을 보인다. 어느 경우이건 실패다. 그 아이랑 친해진 줄 알고서 한 질문인데 그리고 나를 믿는다고 생각해서 건넨 말인데 아이는 나와 맞닥뜨린 그 상황을 몹시도 도망치고 싶거나 힘겨워한다. '왜'라는 외마디에 아이랑 무너진 관계를 다시 회복할 생각을 하니 뒤 목이 뻣뻣해 온다.

'아, 난 그 순간 왜 그 단어밖에 떠올리지 못했을까?' '왜?'라는 단어가 주는 무게감이 직면의 칼날이 되어 준비되지 않은 상대에게 얼마나 고통스러운 비수가 될 수 있는지 본전 생각날 만큼 많이 배웠건만 현실에서의 적용은 늘 도루묵이다. 지금도 난 나에게 '왜?'라는 용어로 자책하며 잠시 책임의 그늘에서 쉬고 싶어 하지 않는가 말이다. "무슨 일이 있었던 거니?" 혹은 "어떻게 하다 그렇게 된 거야?" 아니면 "그럴 만한 까닭이 있었을까?" 등의 표현은 까맣게 잊은 채.

아주 가끔은 '만약 그런 상황이 다시 온다면 어떻게 하고 싶으세요?'라는 말이 떠오르기도 해서 이야기를 나누던 학부모가 와락 울음을 터트리기도 했었다. 교사를 적대시하던 어머니가 이 질문에 자신의 고단한 삶을 실타래처럼 풀어놓아 딱딱했던 마음 한 자락이 젤리처럼 말랑말랑해지는 순간도 있었다. 나의 빈틈을 찾아 맹렬히 공격하던 투구 속 눈빛이 가을 햇살처럼 온화해지는 마법 같은 일도 떠오른다. "선생님같이 물어봐 주는 분은 처음이에요."라며 내가 건넨 티슈에 눈물로 번진 화장을 닦고서 환하게 웃던 기적 같은 순간도 스쳐간다.

쌍방향 수업에 출석했는데 아무리 불러도 대답 없는 학생에게 잠시 강제 퇴장 후 재입장을 허가하며 물어본다. '어디 다녀왔니?' '화장실에요.' '누워서 수업 듣다가 깜빡 잠들었어요.' '점심 먹으려고.' '동생이 같이 놀자고 해서요.' '고양이가 핸드

폰의 다른 화면을 눌렀어요.' 그랬구나. 너는 그런 상황이었구나. 교사 얼굴만 천연색으로 남아있고 아이들은 시커먼 갤러리 창 너머에 너희들은 제각각의 사연들을 가지고 있었구나. 얼굴 없고 목소리 없는 쌍방향 수업에도 스토리는 넘쳐나는구나.

그런데 너희들 그거 아니? 나도 6시간 연속 수업이어서 배고플 땐 잠시 비디오 끄기와 음 소거하고 과일 조각 삼키며 입의 단내를 없애는 거? 우리 함께 다 같이 잘 먹고 잘 살자고 마주하고 있는 거잖아. 보이지 않는 연대의 끈으로 나눔의 가치를 실천하고 있는 거잖아. 그러려고 이 힘든 코로나의 시간을 모두 감내하며 버티고 있는 거잖아. 그게 내가 지금 아이들 없는 교실에서 허공에 대고 혼잣말하는 이유란다. 오늘 이 순간 선택한 많은 말과 행동의 이유가 될 수 있겠지? 그 모든 것이? "왜 그랬어?" 하고 누군가 묻는다면 말이야.

오래도록 사회 운동을 한 선배는 '왜 사느냐?'는 질문에 "인생? 보편적 의미 따윈 없어. 그저 우리 각자는 자신만의 의미를 부여하며 사는 거지." 요즘의 내겐 가을 하늘의 위로만큼 커다랗게 다가온다.

'왜'라는 삶의 부호

앞글 '왜 그랬어'(구어체 버전)를 문어체 버전으로 재작성한 글이다.

대학원 시절 상담 기술을 배우는 시간에 교수님은 한 가지 금기어를 강조하셨다. 내담자에게 '왜'라는 질문은 되도록 삼가는 것이 좋다고. 자칫 '왜'라는 짧은 부사는 본래 의미와는 다르게 여러 가지 오해를 낳을 수 있다는 것이었다. 부연하면 내담자가 자신의 문제 행동의 원인을 외부에서 찾을 기회를 제공함으로써 변명을 허용하는 결과를 낳을 수 있고 가뜩이나 정서적으로 위축되어 있는 내담자에게 비난이나 질책으로 느껴지는 위험도 내

포하고 있다고 덧붙이셨다.

하지만 '왜'라는 질문을 통해 내담자가 자기 행동과 정서를 통찰하도록 도울 수만 있다면 그만한 표현도 없다고 교수님은 힘주어 설명하셨다. 그 기법의 효과를 얻기 위해서는 내담자와의 신뢰 형성이 필수적인 전제 조건이고 그 물음을 던질 때 내담자의 자아 강도를 면밀하게 살펴야 한다고 하셨다. 또한 최대한 깊고 부드러운 목소리와 색조로 '왜'라는 탐색 용어를 사용해야 한다며 눈빛을 빛내셨던 기억이 25년이 흐른 지금도 내겐 선명히 남아있다.

30년 차의 교사인 나는 아이들과 학부모 그리고 동료 교사들과 이야기하는 시간이 여전히 즐겁고 행복하다. 특히 마음속 이야기를 나누는 동안은 그들의 길고 짧은 인생사에 나를 초대해 동참하도록 허락해 준 것만 같아 가슴이 벅차오른다. 고백하자면 상담 기술은 잊은 지 오래고 그저 동시대를 살아가는 존재로서 비슷한 고민과 아픔을 공유할 수 있다는 사실이 전해주는 따스함과 연대감은 묘한 안도감마저 유발한다.

코로나19로 인해 '뉴노멀(new normal)'이란 신조어가 생활의 언어로 자리매김한 지 반년의 세월이 지나갔다. 변화된 많은 것들 가운데 교사라는 업을 가진 나와 주변 동료들은 다채로운 감정의 결을 경험하고 있어 보인다. 원격과 대면 수업을 오고 가는 예측불허의 상황에서 무엇이 최선이고 어떻게 대처하는 것이 가장 효과적이고 효율적인지 묻고 답한다. 또한 지금의 시도가 나중에도 옳다고 판단할 수 있을지 같은 의문들을 반복적으로 자신에게 던지는 모습을 발견한다.

인생에 정답은 없고 해답만 존재한다는 누군가의 말이 절실히 다가오는 시기이다. 어떤 이가 내게 건네는 '왜'라는 부호에 책임을 회피하며 핑계를 찾거나 지레 작아져 숨고 싶은 건 아닌지 생각해 본다. 나에게 당당히 묻고 싶다. '나는 왜 그 키워드로 아이들과 얘기를 나누려고 하는지?' '나는 왜 이 교수법으로 수업을 운영하려고 하는지?' '나는 왜 이 주제와 방법으로 평가하려고 하는지?' '나는 왜 더 나은 시스템의 대안을 찾고 있지 않은지?' '나는 왜...?'

나만이 나의 선택에 물을 수 있다. 그리고 나만이 나의 문법으로 답할 수 있다.
"어~왜에에~~~~에에엥?"

●

2부

학교에

말

건네기

7교시

시는 언어의 거름망을 통과한 1급수이다.

갈라파고스땅거북이가 웅덩이에서 목욕하는 장면

지난해의 한 마디를 돌아보며

발등을 여러 번 찍고 싶다. 후회가 밀려온다. 내가 왜 A4 한 면을 제안했던가? 언제부터인가 글을 쓰는 시도가 힘들어지기 시작했다. 그때부터인 듯하다. 나 자신을 들여다보는 일도 게을러진 것이. 하여 무작정 컴퓨터를 켜고 제목을 먼저 적어 보자고 나 자신을 다독였다. 자유 형식이라고 동아리 회원들에게 공지하긴 하였지만 나는 나의 지난해 교육 생활을 통렬히 비판하는 글을 써야겠다고 다짐했던 터라 더더욱 키보드를 두드리는 무게가 어깨를 짓눌려온다. 되돌리기에는 나 자신과의 약속을 너무 쉽게 깨버리는 거 같아 차일피일 미루다 어젯밤에야 글의 얼거리를 작성했다.

지난해를 휴지기로 보낸 나의 지금 상태는 배터리 충진이 완료된 새 핸드폰과 같다. 막연하게 무언가를 의미 있게 그것도 주변 동료들과 함께하는 시도를 해보고 싶었다. 지금껏 내가 23년의 교직 생활에서 경험하지 않았던 새로운 도전에 설레었던 2월이었다. 자발성에 기초한 전문적 교사 학습공동체가 첫 단계 실천이었다. 개인적 네트워크로 6명이 구성되었고, 이런저런 사연들 속에 시작은 창대했으나 끝은 미약한 동아리 운영이 되고 말았다. 엄정한 운영평가가 필요했다. 원인으로는 먼저 교육정책과 현장의 괴리를 들 수 있겠다. 그리고 끊임없이 분주한 우리 학교의 상황적 요인도 한몫을 담당했으리라 짐작한다. 공동체 구성원의 각기 다른 욕구와 특성 등을 요리조리 분석해 보았지만 가장 아픈 부분은 내 리더십의 부재였다. 무엇을 어떻게 해야 하는지에 대한 몫을 구성원의 자율적 선택이란 명분에 맡겨놓고 내연을 채우지도 외연을 확장하는 것도 지지부진했던 촉진자로서의 내 무능이 낳은 당연한 결과였다. 자책의 동굴로 피하고 싶지 않아 다시 교사 동아리 회원을 물색하고 새로운 시작을 앞두고 있다. 허물을 벗는 고통에만 머물지 않겠다는 다짐을 교훈으로 남겨준 지난해 교사 공동체 경험은 앞으로의 내 삶에 소중한 한 획이 될 것이다.

한편 중학교 2학년의 복수담임으로 만났던 아이들은 하나같이 사랑스러운 존재들로 보였다. 교칙으로 다투지 않고 지각으로 실랑이를 벌일 일도 없는 아이들과의 만남이란 할머니와 손자의 관계, 바로 그것이었다. 짝꿍 담임교사와 교육관이나 생활지도 방식은 달랐다. 하지만 개인적인 만남을 통해 서로의 시도를 존중하는 것으로 합의가 되었다. 가끔 아이들에 대한 다른 관점으로 인해 생겨나는 짝꿍 담임교사의 서운한 마음은 내가 업무를 지원하는 방식으로 보완하였다. 또한 북한 이탈 학생들과 문화적 접점을 체험하는 통일교육 학생 동아리 운영은 무척 흥미롭고 보람된 활동으로 기억한다. 참여를 희망하는 12명의 학급 아이들과 더욱 친밀해지는 시간을 가질 수 있었다. 하지만 참여하지 않는 아이들과의 상대적 소원함이 약간의 어색함으로 자리하기도 했다. 아이가 원하면 무한정 사탕을 제공하는 복수 담임 B의 역할은 할머니의 애정과 유사했다. 아이가 원하더라도 사탕을 통제하는 엄마의 사랑과 달리 근본적으로 한계를 지닐 수밖에 없었고 그런 까닭에 올해 A 담임을 신청했다.

무엇보다 2학년 6개 학급 아이들과 3학년 1, 2학기 집중 이수제를 통해 실천했던 도덕 SD(Self-Design, Social-Design) 프로젝트 학습이 가장 기억에 남는다. 아이들 각자 한 명 한 명이 원하는 공부의 주제를 선택해 자기 주도적으로 해결해나가고 개인별로 3분의 발표 시간을 갖고서 제출된 각자의 노트를 한 장 한 장 살펴보는 과정은 교육 활동 중 가장 뿌듯했던 순간이었다. 그러나 아이들이 처음 해보는 교육 활동이어서 더욱 섬세한 도움이 교수 학습활동 과정에 필요하다는 것을 알게 되었다. 무엇보다 기존의 선발식 교육정책에 익숙한 아이들이 갖는 불안 감 해소책 등에 대한 대책이 필요했다. 그리고 과정을 서술하는 평가 방식이 아닌 점수 서열화 방식은 여전히 내 프로젝트가 해결해야 할 과제이다. 또한 동 교과 교사와 유사 프로젝트를 함께 도모하지 못한 부분도 아쉬움으로 마음 한쪽 남아있다.

첫날의 한 마디가 시작되었다. 나를 성장시킨 지난해에 힘입 어 나아가련다.

사뿐사뿐….

지은 글을 바라보는 것은

2021년 각자 쓴 글을 격주로 나누는 짝궁 선생님에게 전하는 편지글이다.

    책을 읽다가 최근 새로운 관심사가 생겼습니다. 전과는 달리 후기에 작성된 평론에 귀 기울이는 저를 새삼 발견합니다. 한때는 작가의 행간을 분석하고 평가하는 내용이 문학의 장르가 될 수 있을까 하고 의심한 적도 있었는데 말이지요. 작가의 글이란 어떤 내용이건 그의 삶과 가치관 그리고 태도가 투영되기 마련일 겁니다. 그런 그의 의도와 심연을 이해하고 맥락을 파헤치는 평론가의 통찰과 혜안이 문득 새롭게 다가오는 것은 세월의 변화 때문일는지요?

지난 나눔에서 제게 전해주신 논평은 성찰의 화두가 되었습니다. 나와 타인의 이야기에 생각거리를 붙들고 자맥질하는 습성은 마치 한옥의 문고리처럼 삐걱대지만 제게 익숙합니다. 교육과 아이들의 사례에 공감이 된다는 말씀에서 제게 녹아든 생각과 경험의 조각들을 글의 소재로 풀어가겠다고 다짐했답니다. 하안거에 도량에서 스친 도반처럼 서로의 수행 내용을 격주로 나누는 기쁨은 무엇으로도 견주기 어렵습니다. 누군가의 삶에는 그들만의 내음과 빛깔이 담겨있지요.

아버지에 대한 선생님의 아름다운 기억을 그리시는 모습에서 저는 올해 미수를 맞이한 제 아버지의 고단했던 주름살이 떠올랐습니다. 제가 중학생일 때쯤 전기 관련 기술직이었던 그는 노동조합 활동을 하다가 단순노무직인 버스 용접공으로 자리를 옮기게 되었습니다. 가끔 아버지는 퇴근길 무거운 마음을 술의 힘에 의지한 채 요란한 귀가로 자신의 존재감을 드러내곤 했습니다. 어느 날은 막내를 붙들고 용접물이 튄 시계를 보여주며 자신의 회한을 꺼억꺼억 토해내셨습니다.

사회 문제를 바라보는 선생님의 시선은 유쾌하고 따스했습니다. 현상을 바라볼 때 구조와 체제의 본질적 측면에 다가가는 일은 만 조각의 퍼즐 작품을 시작하는 막막함으로 몰려올 때가 있습니다. 하지만 작전명만큼이나 사실을 재구성해 사람 향기

나는 칼럼으로 승화하신 선생님의 글 '미러클(miracle)'은 이 세상을 살만한 곳으로 만들어가는 조용하지만 강력한 개혁이자 혁명의 외침으로 제게 번저 왔답니다.

말을 글처럼 정제되어 표현할 수 있기를 바랐던 적이 있었지요. 시는 언어의 거름망을 통과한 1급수라고 생각합니다. 깨끗한 물에서만 서식하는 투명한 물고기를 만난 해맑음이 선생님의 글을 듣는 동안 전해졌습니다. 게다가 성자의 영성이 담겨있는 기도문은 저 또한 선택과 갈등에 힘겨울 때마다 지켜주는 버팀목이랍니다. '변화시킬 수 없는 것은 받아들이는 평화로운 마음을, 변화할 수 있는 것은 도전하는 용기를, 그 둘을 구별하는 지혜'를 늘 소망합니다.

3부

세상에
말
건네기

새벽

세계시민교육은 마음 한편 방어기제에서
시작됐다.

말레이시아 교류 수업을 위해 학생들이 제작한 대상국 이해 핸드북

부채감이 낳은 결과물

"너무 어려웠어요. 왜 이런 걸 도덕 시간에 해야 하는지 모르 겠어요. 두 번 다시 하고 싶지 않아요. 고등학교 가서 하면 좋 을 거 같아요." '세계시민 톺아보기' 수행평가를 마치고 받은 아 이들의 수업 소감 중 일부이다. 이런 반응은 스물다섯 명 가운 데 세 명 정도이고 새로운 것을 알게 되어 의미 있었다는 학생 들의 호평이 대부분이다. 그렇지만 어려움을 호소하는 세 친구 의 피드백이 훨씬 마음에 오래 남는다. 부정적인 평가에 취약한 나의 나약함인가? 국가 수학 능력 시험처럼 난이도 조절 실패 때 평가원장이 보여주는 것처럼 학생들 대상으로 사과라도 해야 하나? 문제 해결력이 미흡하다는 것을 인정하고 싶지 않은 아이 들의 외적 귀인인가? 그 무엇이건 간에 이 평가 내용을 작성한 학생 세 명에게 세계시민 교육은 어떤 동기도 만들어지지 못했다. 그들에게는 그저 힘들고 고달픈 기억으로밖에는 남지 않은 듯 보였다.

도덕 교과서에는 세계시민으로서 자신의 정체성을 찾고 지구촌에 발생하는 여러 가지 도덕 문제를 찾아보며 그 해결책을 실천해 보는 내용이 실려있다. 아울러 다문화가정과 사회적 약자에 대해서 우리가 어떠한 자세를 가져야 하는지도 소개되어 있다. 학생과 지역의 특성을 고려한 교사 나름의 재구성으로 국가 교육과정의 성취기준을 달성해야 한다는 지침은 평가의 시기마다 반복적으로 들려온다. 나는 왜 세계시민 교육을 하는가? 국가 공무원의 신분이기 때문인가? 교육의 최근 관심 주제여서인가? 미래 교육을 대비하기 위한 준비 차원의 접근인가? 그도 아니라면 뭔가 지구촌의 현안을 언급함으로써 아이들의 시야를 확장해 주고 싶은 작은 신념의 실천인가? 솔직히 말하자면 의식주에 집중하고 자산을 키워나가는 것이 가장 큰 삶의 목표인 소시민적 자세를 누군가에게 들키고 싶지 않은 방어기제일지도 모른다.

일명 586세대인 나는 이른 88학번으로 69년생인 또래보다 한 살 먼저 학교에 들어간 경우이다. 더구나 광주라는 도시의 꼬리표가 보여주듯 매캐한 최루탄을 초등학교 5학년 때부터 마서보았다. 그 당시 일주일간의 휴교가 마냥 좋은 일이 아니었다는 건 대학생이 되고 나서야 알게 되었다. 시국 사건으로 방송에 나오는 수배범인 전국 대학생 대표자 협의회의 회장은 내가 다니던 대학교의 학생회장이었다. 도서관과 강의실의 학구열보다는 캠퍼스의 곳곳에서 투쟁가를 부르는 일이 더욱 뜻있게 여겨지던 시절이었다. 의무 발령을 전제로 입학한 국립대학교 사범대학 졸업생도 임용고시라는 시험에 합격해야 교사가 될 수 있다는 제도를 저지하기 위해 서울까지 올라가 단체 시위에 참여했었다. 내 생계를 먼저 챙기는 일은 민주화라는 대의를 위해 헌신하는 동기와 선후배들을 저버리는 죄책감으로 마음 한쪽 깊숙이 자리 잡았다.

광주와 서울 그리고 대전에서 교직 생활을 경험한 나는 주로 도심의 외곽에 있는 학교들에서 근무하였다. 광역시를 넘나들며 학교 선택의 여지가 없기도 하였고, 어려운 지역에 사는 친구들을 위해 내가 배운 상담이 도움이 될 수도 있겠다는 짧은 생각에 일부러 지원하기도 하였다. 그 친구들과 함께하는 다문화 교육이나 사회적 약자를 고용하는 사회적 기업 창업과 같은 프로젝트 학습은 매번 실패였다. 전교생의 20~30% 학생이 교육복지 혜택을 받는 대상자들인 학교에서 다름 아닌 자신들이 바로 그 사회적 배려 계층이라는 점이 원인의 하나일지도 모른다는 생각은 그 학교를 떠나고 난 후였다. 그 아이들과 학부모님들은 할 수만 있다면 자신이 공적 지원을 받고 있다는 사실을 감추고 싶어 했다. 특히 다문화가정이나 탈북민인 경우는 언어적 문제로 수업 참여도 적극적으로 이뤄지기 어려웠다. 그들에게 세계시민 교육은 교육적 당위나 사회적 참여 욕구로 작용하기 어려운 도전 과제였을 터이다.

대전에서 비교적 교육열이 높다는 학교에서 두 해째 아이들을 만나고 있다. 이 친구들은 세계시민 교육을 다양한 의미로 접근하고 있다. 비영리단체에서 자신의 진로를 진지하게 생각하는 아이부터 원하는 상급학교 진학의 경력을 만드는 학생들까지 비교적 넓은 스펙트럼을 보인다. 학생들 대부분은 성적관리에 수행평가의 중요성을 알기 때문에 주어진 과제만큼은 최선을 다해 임하며 새벽까지 이어지는 사교육의 시간표 중 세계시민 교육의 주제도 해야 할 일의 하나로 기록된다. 세계시민으로서의 자세나 태도를 객관식 지필시험에서만 평가하기를 바라는 아이들에게 오늘도 나는 국제 기사를 보여주며 생각거리를 던진다. 덴마크가 기후변화로 인한 재난 피해국에 경제적 지원을 약속한 최초의 국가가 될 것이라는 기사 내용이다. 하늘은 공정하다. 사실인가? 재난은 불평등하다. 옳은 주장인가?

언어로 세상 만나기

'Conferance 앗 Conference인데,,,' 한국어 맞춤법이 틀릴 때는 작성 중의 실수이겠거니 대수롭지 않게 여기는데 영어 오타가 생기면 두고두고 보낸 문자를 다시 들여다보곤 한다. 교류수업 대상국인 말레이시아 선생님과 소셜미디어를 통해 대화가 오고 가다 생긴 철자 오류였다. 살아오며 영어를 배우는 데 정성을 들인 시간을 계산하면 어느 정도일까? 어림잡아 40여 년 동안 하나의 언어를 공부했다면 전문성과 유창성이 원어민 정도의 수준을 갖춰야 한다는 생각은 무리일까? 언어의 습득은 시간에 비례하는 것이 아닌 걸까? 다양한 언어 가운데 우리는 왜 이토록 영어에 많은 시간과 노력을 기울여야 하는 걸까? 그만한 가치와 효용성은 있는 걸까? 만약 영어가 능숙하지 않다면 세계시민으로서의 자격이 미흡한 것일까? 짧은 기간의 교류라는 제한 조건으로 상대국 언어가 아닌 영어로 소통하는 것은 바람직한가?

고등학교 영어 선생님이 인생의 롤모델이었던 학창 시절의 나는 영어가 좋았고 그 이후로도 오래도록 영어를 곁에 두고 싶어 했다. 심리학을 전공해 영어 사용권 국가로 유학을 떠나려는 고등학생 때의 꿈도 그 선생님이 심어준 씨앗이었다. 둘 중 아무것도 이루지 못한 내가 기회만 되면 영어를 사용하는 매체나 환경에 노출되고자 애썼던 것도 모두 영어에 대한 미련이 남긴 흔적이었다. 대한민국에서 영어가 열심히 공부해야만 하는 과목이 아닌 하고 싶은 교과였다는 것만으로도 내가 행운아임을 알게 된 것은 어른이 되고 나서였다. 하지만 좋아하는 것이 잘하는 것과 반드시 등치 하는 것이 아니리라. 전공자만큼의 어휘 실력이나 말하기의 유창성을 갖추지 못한 상황에서 영어로 수업하는 도덕 교사의 바람이 이뤄진 건 교직 경력 30년의 세월이 흘러서였다. 그것도 오랜 식민의 역사를 가진 말레이시아 교사 그리고 학생들과 함께.

3월 초 내가 수업을 가장 많이 담당하고 있는 중학교 2학년 학생들에게 유네스코 동아리 활동 회원 모집 공고를 내며 두 가지 조건을 제시했다. 세계의 현안과 해결책에 시선을 두고 있으며 영어 의사소통이 가능한 자였다. 동아리 활동의 평균 회원 수가 15명이어서 너무 과하지도 모자라지도 않기를 희망했는데 14명의 학생이 지원하였다. 다만 남녀 학생의 고른 분포를 기대했으나 지원한 아이들은 다소곳하고 호기심 어린 눈빛을 반짝이는 여학생들이었다. 어쩌면 혼성보다는 동일성의 집단 구성이 운영에서는 편할 수도 있다는 위로를 자신에게 건네었다. 지원자가 예상보다 초과할 때는 영어 면접을 보겠다고 공고하였는데 다행히도 적정 인원이 와주어서 지원자 전원 합격이라는 기분 좋은 알림으로 대신할 수 있었다. 사전 모임에서 아이들은 앞으로 영어를 어느 정도 말할 수 있어야 하며 평소 동아리 활동에서도 사용하는지 긴장감 가득한 질문을 이어갔다.

"선생님, 진짜 재미있는 짧은 유튜브 영상이 있는데 잠깐 보여주시면 안 돼요? 정말 웃겨서 애들에게도 보여주고 싶어요." 평소 한국어가 좀 어눌하다고 생각되는 한 아이가 모처럼 요청해온 간절한 부탁이었다. 나는 "그럴까? 잠시 엔도르핀이 생성되는 영상을 보는 활동도 좋을 거 같아."라고 동의하며 함께 추천한 짧은 동영상을 감상하였다. 3분여 시청한 영상은 영어 사용 국가의 스탠드 코미디였고 제안한 학생을 제외한 아무도 웃음의 지점을 찾지 못했다. 그 친구는 목젖을 젖혀가며 폭소를 터트렸지만 나를 포함해 나머지 학생들은 그를 의아하게 쳐다보았다. 사태를 수습해야 하는 나는 어색한 미소를 띠며 "앗! ㅇㅇ

의 웃음 코드는 이렇구나. oo의 취향을 존중하자. 애들아." 평소 학급에서 친구들과 어울리기보다는 혼자 보내는 시간이 많은 그 학생을 보며 개인마다 성장의 속도는 다르므로 '언젠가는 그 친구도 대인관계의 민감도가 발달하겠지'라고 어림짐작했던 나의 분석이 어쩌면 잘못된 것일 수도 있다는 생각이 스쳐 갔다.

언어의 습득 과정을 일반적으로 듣기, 말하기, 읽기, 쓰기로 얘기한다. 초기 양육 과정에 듣기와 말하기의 언어적 자극에 빈약하게 노출된 아이의 성장이 또래들과 비교해 전반적으로 늦어진다는 연구 결과는 몇 가지 시사점을 갖는다. 먼저 사고와 정서 및 대인관계 형성에 언어가 미치는 영향력이 크다는 의미일 것이다. 또한 이는 사실을 수용하는 거름망인 가치관과 신념의 체계에도 영향을 미칠 가능성이 존재한다. 무엇보다 개인의 신체와 마음 그리고 영혼에 스며든 모국어가 제공하는 주제 선택의 영역은 삶의 양식과 태도를 결정하게 될 확률이 높아 보인다. 영어에 목말라하는 나와 내 주변의 학생들을 바라보며 우리가 지향하고자 하는 생활의 양태는 무엇일까 생각한다. 영어를 익히고 사용하며 세계를 바라보는 것이 내 삶의 좌표를 헤매게 하는 또 다른 걸림돌은 아닌지도 함께.

3부

세상에 말 건네기

정오

전하고자 하는 내용은 달라도,
함께 가는 길은 흥미롭고 다채롭다.

직접 연주하는 해금

해금과 팜오일의 조우

"우와, 그건 무슨 악기인가요? 현악기에서 어떻게 자연의 소리가 나죠? 연주법은 어디에서 배울 수 있나요?"
멀리 보르네오 섬에서 중학교에 다니고 있는 말레이시아 학생들이 쏟아낸 질문 모음 내용이다. 두 학교의 만남을 기념하는 첫날에 생일 축하 노래와 아리랑을 내가 해금으로 연주한 까닭이었다. 지난 4월부터 3개월 동안 내가 이끄는 '세상 이야기' 동아리 활동에 소속한 중학교 2학년 14명의 여학생과 말레이시아 사라왁주(州) 라와스시(市)에 위치한 SMK Merapok에 재학 중인 남녀 학생 40여 명이 비대면 수업을 교류하였다. 유네스코 아시아 태평양 국제이해교육원(APCEIU)이 교육부에서 위탁받아 공모한 '다문화가정 대상 국가와의 교육교류 사업(APTE)'에 내가 속한 '넘나들기' 연구회가 선정되어 인연을 맺게 된 말레이시아 교사와 학생들은 말레이어가 아닌 영어를 사용하는 아시아인으로 우리 곁에 다가왔다.

원래 이 사업의 운영 방식은 교사를 교류국에 파견해 3개월 동안 서로의 언어와 문화를 전하는 형태였으나 코로나19라는 걸림돌을 만나 온라인 수업 교류로 변화의 바람을 맞게 되었다. IT 기반 시설이 썩 좋지 않은 교류국의 상황에서 질적인 수업 교류가 가능할지에 대한 우려 속에 비대면 수업이 오고 가게 되었다. 하지만 매체의 불안정한 상황은 나의 기우에 불과했다. 첫 번째 수업에서 네트워크 연결 상태가 나빠서 전달에 아쉬움을 느낀 말레이시아 교사들은 두 번째 수업에 참여하기 위해 걸어서 30여 분 떨어진 초등학교로 학생들과 이동하는 실천 의지와 참여의 적극성을 발휘해 주었다. 좀 더 나은 환경을 선택하고자 보여준 그들의 도전과 열정은 시설이 완비된 우리의 상황과 대비되어 성찰의 한 지점으로 자리하게 되었다. 또한 교류국가 교사들의 수업 매체 활용 능력과 디자인 감각은 매우 우수해 감탄을 자아냈다.

그런데 나누고자 하는 교수학습의 내용에서 차이점이 생겨났다. 각자의 프로젝트를 소개하는 비대면 만남에서 말레이시아 교사들은 자국의 문화를 알리는 것을 주된 수업 내용으로 구성하고 싶어 했다. 반면 우리 연구회는 UN이 지정한 17개의 지속 가능 발전 목표 중 평화와 육상의 생태계 및 기후변화에 대한 주제를 다루면서 교류국의 학교가 위치한 지역의 공정여행 프로그램을 시도하고 싶었다. 서로의 관심 주제에 타협점을 찾기는 어려웠다. 그들에게는 자신의 문화적 정체성을 한국인에게 알리는 목표가 중요해 보였다. 반면 내 얕은 신념이 반영된 우리 연구회의 종착지는 지구촌 공통의 현안을 함께 다루고 실천 방안을 모색해 보는 교육에 더 방점을 두고 있었다. 서로가 전하고자 하는 내용은 달랐음에도 함께 가는 그 길은 흥미롭고 다채로워서 6번의 만남은 학생과 교사들 모두에게 무척이나 즐겁고 가치 있는 시간이었다.

특히 말레이시아 학생들이 직접 흙을 빚어 만든 세라믹에 그림을 그려 넣은 팔찌 재료를 우편으로 보내준 활동은 인상 깊었다. 대표 교사인 다이애나 선생님은 문양의 의미와 역사를 일일이 소개하는 안내 영상을 섬세하게 만들어주셨고 그 설명서대로 아이들과 우정의 팔찌를 완성할 수 있었다. 그들이 자신의 과거와 현재의 연결점을 어떻게 이어가고 후대에 전수하는지를 배울 수 있는 계기였다. 또한 '신의 이미지 만들기' 과제는 종교가 그들의 일상에 어떻게 뿌리내리고 적용되는지 알아가는 시간이기도 했다. 자신을 닮은 신의 모습을 만들어가며 아이들에게는 신이 어쩌면 내 내부의 어딘가에 존재하는 나의 본성을 발견하고 확인하는 듯한 철학 수업으로 보였다. 마지막으로 룬 바왕 종족의 페터 댄스를 한국 노래에 접목해 낯선 춤사위를 시도한 우리 학생들은 누군가를 환대하고 축복하는 몸짓의 의미 를 익혀가게 되었다.

한편 말레이시아 학생들을 대상으로 한국 교사들은 범주제 학습을 적용하였다. 먼저 서로 다른 물리적 환경에 대한 탐색부 터 시작되었다. 일상에서 들리는 소리를 채집해 알아맞히는 게 임을 통해 내가 속한 학교와 지역에 대한 공간 이해를 도모했 다. 그 결과 학교 운영 체제나 마을이 가진 특징들을 일부 비교 할 수 있었다. 두 번째 수업에서는 평화라는 주제로 양국이 공 통으로 가지고 있는 식민의 역사를 살펴보고 평화를 지켜내기 위해 애쓴 인물들을 소개하였다. 아이들은 두 나라뿐만 아니라 지구촌의 평화는 서로 연결되어 있는 중요한 가치임을 확인하는 기회가 되었다는 소감을 남겼다. 끝으로 팜유 재배에 대한 찬반 토론을 통해 자본주의의 경제 체제가 우리 삶에 차지하는 위상 과 효용성의 가치 그리고 플랜테이션 산업으로 인해 생겨나는 인권과 생태계 파괴의 문제 등을 양국의 학생들은 한 팀이 되 어 열띠게 논의하였다.

각각의 수업 활동을 마친 후 아이들은 패들릿이라는 애플리 케이션을 활용해 서로 피드백을 나누었다. 수업 활동에서 재미 있었거나 의미 있었던 활동 그리고 아쉬운 점 등을 영어로 작성하였다. 두 아시아권 국가 학생들이 영어라는 공용어를 사용하는 의미는 무엇일까를 생각하다가 몇 가지 잡념들이 스쳐 지나갔다. 먼저 서로를 이해한다는 것은 무엇일까? 수천 년의 다른 역사적 배경을 지닌 두 국가의 아이들이 만난다는 것은 또 어떤 의미일까? 상대국의 정치, 경제 체제 및 사회의 현상들을 알게 되는 것과 그 민족에 대해 아는 것은 어느 정도의 상관성이 존재할까? 배경에 대한 이해가 교류의 첫걸음일까? 문화를 소통의 매체로 활용하는 것이 가장 대중적인 접근법일까? 꼬리를 무는 나의 의문들은 다소 진지하고 모호한 덩어리들로 관자놀이 주변을 헤매고 있었다.

공정과 분배의 상관관계

　동아리 활동 회원 중 한 아이가 내 앞에서 하염없이 눈물을 닦는다. 눈가가 붉어지고 가끔 목울음 소리마저 감출 수 없을 만큼 서러움이 한가득 차오른 모습이다. 유네스코 아시아 태평양 국제이해교육원(APCEIU)에서 공모해 주관한 말레이시아와의 수업 교류 결과에서 상대국 학교가 우수 사례로 선정이 되어 우리 학교 학생들의 수업 시연을 성과 보고회에 요청받은 상태였다. 동아리의 부반장이자 수업 교류 활동에 많은 역할을 담당했던 그 친구는 나와 동료들에게 서운함과 속상한 마음을 울음으로 대신하고 있었다. 말레이시아 춤과 팜유 재배에 대한 영어 토론을 무대 시연의 내용으로 계획하고 14명의 동아리 회원들에게 관련 사항을 안내했다. 주최 측에서 5명의 학생만 시연에 참여할 수 있다고 요구해와서 14명 중 누가 보고회에 참여할지를 결정하는 회의가 열렸다.

먼저 어떤 기준으로 선발할지에 대한 논의가 시작되었다. "무작위로 뽑아야죠." "그동안 동아리 활동 수업에 가장 많이 참여하고 기여도가 높은 사람이 선정되어야 한다고 저는 생각해요." "성과 보고회 때 보여 줄 시연은 많은 사람에게 우리 동아리를 소개하는 것뿐만 아니라 학교를 대표하는 것인 만큼 춤과 토론을 다 잘할 수 있는 사람이 가는 게 옳다고 봅니다." "우리 모두 다 가는 건 안 되나요? 선생님께서 주최하는 기관에 가능한지 물어봐 주세요." "좀 부끄러운 이야기지만 지금까지 서울에 한 번도 안 가본 사람이 이번 기회에 참가하는 것은 어때요?" 지난 도덕 시간에 배운 분배의 정의를 현실의 상황에 적용하며 아이들은 선정 기준이 다양하게 존재할 수 있다는 것을 실사례로 증명하고 있었다. 회원들은 한정된 자원을 어떻게 공정하게 나눌 것인지 각자의 의견을 거침없이 내어놓았다.

세계시민교육이라는 운영 목표를 두고 동아리 회원을 공개 모집한 결과 세 부류의 학생들이 구성되었다. 국제 문제에 관심이 있는 몇몇 진지한 친구들과 학교에서 재밋거리를 찾지 못해 새로운 것을 접해보고 싶은 호기심이 왕성한 아이들 그리고 영어 사용권 나라에서 몇 년의 생활을 경험하고 귀국해 언어에 나름대로 자신감이 있는 학생들이 '세상 이야기' 동아리 회원으로 지원해 선정되었다. 첫 범주의 학생들은 글로벌 리더로서 성장하고 싶은 욕구를 평소에도 자주 드러내는 아이들이어서 학급 내에서 임원뿐만 아니라 다채로운 교내 외 교육 활동에도 시간을 쪼개 쓰는 모습을 보여준다. 두 번째 모둠의 아이들은 예술과 문화에 관심을 두고 있어서 각종 공연 감상과 영상 제작 그리고 춤과 노래 등 자신의 숨은 끼와 재능을 온몸으로 표현하는 일에 주저하지 않는다. 마지막 집단은 한국 교육에 다시 적응하며 조금은 힘겨운 분투를 진행 중이다.

결국 5가지 제안 가운데 다수결의 방식으로 '평소 기여도'가 시연 참가 학생의 선정 기준이 되었다. 그 기준에 따라 참가를 희망하는 학생이 11명이었다. 자신이 행한 흔적을 다른 친구들에게 알리는 시간 약속을 다시 정하고 나니 기말고사를 핑계 삼아 참가를 포기하겠다는 학생이 5명이 생겨나 6명이 최종 인원으로 줄어들었다. 주최 측에 문의하여 6명이 참가하도록 허락해 달라고 요청하였으나 기존 5명을 고수하면서 다시 한번 괴로운 선택 과정을 거쳐야만 했다. 6명의 학생 모두 양보할 생각이 조금도 없었고 급기야는 투표를 통해 기여도를 평가하자는 제안을 모두 수락하여 비밀투표를 하게 되었다. "선생님은 이 선정 과정에서 제일 중요한 게 있단다. 바로 우리 가운데 단 한 명도 상처를 받는 일이 생겨서는 안 된다는 거야. 이것으로 누

군가 마음 아픈 일이 생겨난다면 선생님은 주최 측에 우리의
참여를 포기하는 결정을 할까도 생각하고 있단다."

　그런데 우려가 현실이 되고 말았다. 바로 부반장 아이가 마음
을 긁히는 일이 생기고 만 것이다. 선정을 위해 몇 번의 만남이
필요했고 그때마다 늦거나 오지 않는 학생들이 생겨나며 아이들
의 짜증과 긴장감은 날 선 상황이 되었다. 마지막 약속 시각을
정하며 제시간에 나타나지 않으면 참가 의사가 없는 것으로 알
겠노라는 내 극약처방이 화근이었다. 그만 부반장 친구가 만나
기로 한 시각을 잊고 오지 않은 것이다. 뒤늦게 그 사실을 알게
된 이 친구가 내게 찾아왔을 때 나는 약속을 어긴 것에 대해
참가하는 친구들이 너의 참여에 동의한다는 사인을 받아오게 했
다. 그 과정에서 아이의 마음이 상하게 된 일이 발생했다. 현장
은 선택의 연속이다. 상황에 가장 적절한 방식으로 최선책을 찾
아야 하는 긴박감이 학교에서는 매 순간 존재한다. 난 지구상에
서 가장 가치 있는 덕목들을 톺아보겠다는 의욕에 찬 나머지
가장 최악의 처방문을 한 아이에게 들이밀고 만 것이다.

3부

세상에

말

건네기

석양

'Pole, pole' (스와힐리어, 천천히)
등반 가이드는 우리에게 주문처럼 외쳤다.

킬리만자로산의 등반길을 인쇄한 티셔츠

거름망의 역할

옆에 앉은 해금 동아리 동료가 활대에 송진을 연신 바르고 있다. 소리가 너무 거칠어서 송진 가루를 입히면 조금 부드러워질까 싶어서란다. 난 거친 소리를 사랑한다. 날것의 있는 그대로를 보여주는 민낯의 당당함이 좋다. 그런데 스승이 권해주신 내 해금은 대나무 통에 천을 붙이는 배접이라는 과정을 통해 소리를 부드럽게 중화시킨 특허 제품이다. 울림 좋은 소리를 크게 내고 싶을 때 아쉬운 마음이 다소 들기도 하지만 나의 짧은 실력이 드러나지 않아 다행이기도 하다. 강렬하고 힘 있는 강은일 해금 연주자의 연주법을 배우기 위해 오랜 시간 공을 들여본 적이 있다. 결국 흉내 내기는 어려웠으나 그의 음악을 듣고 있노라면 세포 하나하나의 에

너지가 깨어나는 기분이다. 사람들은 자신의 인식과 태도가 일치하지 않아 고통을 느낄 때 상황이나 자신을 합리화함으로써 차이를 극복하고자 한다. 이를 심리학에서는 '인지 부조화'라고 부른다.

아이들도 다 안다. 공정과 인권, 정의와 평등 그리고 배려와 존중의 가치가 나와 너 그리고 우리를 보호해 주는 안전장치임을. 그런데 그 귀한 덕목들이 내 행동과 삶의 방식을 규제하거나 내가 손해를 보는 상황이 생겨나면 사정은 달라진다. 더구나 파키스탄의 국토 삼분지 일이 물에 잠겼다는 소식이나 몰디브와 투발루가 수몰 위기에 처한 국가라는 기사는 마음에 잘 다가오지 않는다. 아프리카 아이들의 굶주림이나 식수가 모자란다는 이야기도 먼 나라 이야기다. 그런 보도 자료를 접할 때 어떤 경우는 비영리단체가 후원금을 모으기 위한 감성팔이라고 여겨지기도 한다. 공장식 축산이 항생제 남용뿐만 아니라 상하수도를 오염시키고 메탄가스를 분출해 지구온난화의 주범이라는 사실도 급식에 고기가 빠져서 먹을 게 마땅치 않은 날에는 떠오르지 않는다. 무엇이 옳은지는 알겠으나 그 올바른 일로 인해 나에게 생겨나는 불편함은 짜증이 먼저 올라온다.

심리치료 가운데 하나인 현실 요법의 창시자 윌리엄 글래써(W.Glasser)는 통제 이론을 통해 외부의 자극을 받아들이는 감각 체계에 의해 우리는 정보를 받아들인다고 얘기한다. 자신이 수용한 정보는 다시 지식과 가치의 필터를 통과한 후 본인이 원하는 이상적인 상태 속의 앨범 속 사진과 현실을 비교한다는 것이다. 그 차이가 크면 클수록 아픔과 좌절은 크게 다가오는데 그럴 때는 자신의 욕구를 잘 살피는 것이 중요하다고 그는 주장한다. 마음의 작용을 이론으로 제시한 불교의 유식학(唯識學)에서도 5식(眼, 耳, 鼻, 舌, 身)에 의해 받아들인 자극을 제6식인 의식(통제 이론의 지식 체계)과 제7식인 말나식(통제 이론의 가치 체계)을 통해 거르고 마침내 안정적인 제8식에 이른다고 적고 있다. 하지만 인간에게는 자신의 습성대로 키워 온 씨앗들이 있어서 이 순환을 반복한다고 설명한다. 우리의 인지 부조화를 서양의 심리학자와 동양의 종교는 무척이나 세세하게 분석해 보여주고 있다.

세상 이야기는 매일 우리의 눈과 귀를 자극한다. 하지만 나는 나에게 관심 가는 것들만 선택적으로 지각하게 된다. 모든 데이터를 다 받아들이는 것은 불가능하니 그러는 것이 당연하다는 것도 합리화의 기제일 수 있다. 유독 왜 그 사실과 자료가 나의 눈에 띄고 귀에 들려오는지 들여다보면 내가 가지고 있는 지식과 가치의 거름망이 엄밀한 선정 과정을 거치는 작업을 쉼 없이 하고 있을 것이다. 지식은 변하지 않는 진리인 듯 보이지만 변화하기도 한다. 지식의 재구성과 노출된 환경 및 인간관계를 통해 형성된 가치는 더더욱 다양성을 그 특징으로 하고 있다. 어떤 이의 가치 체계는 자신과 타인에게 모두 촘촘한 틀로써 반면 또 다른 이는 헐거운 조직으로 만들어져 있다. 누군가의 경우를 보면 자신에게는 엄격하게 가치의 기준을 적용하면서 타인에게는 그 규준을 너그럽게 받아주기도 하고 그 반대의 경우도 존재한다.

과학 기술 발달로 세계가 하루 권 안에 이동하고 세상 누구도 소셜미디어를 통해 쉽게 만날 수 있게 되었다. 현대 사회에서 세계인으로 살아가는 일은 즐거운 일이기도 힘겨운 작업일 수도 있다. 즐거움을 나눠 배가 되고 아픔을 공유해 반이 되는 전통사회의 가치는 박물관의 화석이 된 지 오래다. 윤리적 상상력을 통해 공감 능력을 확장하고 세계인의 고통을 함께 나누자는 캠페인은 도덕 교과서에나 제시되는 개념일지도 모른다. 더구나 세계시민으로의 성장은 먼저 평소 우리의 삶에서 민주 시민으로서 자격과 태도를 갖추고 있는가를 검증하게 만든다. 갈 길이 멀기만 한 세계시민을 만들기 위해 교육이 이뤄져야 한다니 갈수록 태산이다. 산 넘어 산으로 버거운 이 과제를 나는 오늘도 붙들고 앉아 아이들과 무슨 주제를 어떻게 나눌지 그리고 생겨나는 문제점과 해결책은 어떻게 마련할지 고민하고 있다. 아~ 운명인가 보다. 애증의 세계시민교육!

길을 잃은 여행이 주는 선물

"Pole, pole" 탄자니아의 킬리만자로 현지 등반 가이드는 연신 우리에게 주문처럼 외쳐대었다. 스와힐리어로 '천천히'를 의미하는 'pole(뽈레)'는 1,700m 마랑구 게이트 입구부터 5,898m의 정상까지 도달하기 위한 지침이자 만트라였다. 단기간에 고도성장을 이룬 대한민국의 국민으로서 근면이 인간의 어떤 덕목보다도 우선해야 하는 기본 가치임을 배우고 자란 산업시대의 나에게 '천천히, 천천히'는 아노미이면서 마법 지팡이에서 뿜어져 나오는 색동 가루였다. 고산에 적응하기 위한 비법은 다름 아닌 천천히 한 걸음 한 걸음을 옮기는 일이었다. 산소통을 매지 않고 인간이 오를 수 있는 지구상에 가장 높은 곳인 우후루피크까지 도달할 수 있는 최고의 처방전은 다름 아닌 느리게 가는 것이다.

"Resham Phree Ree" 히말라야의 셰르파는 시지프스의 벌을 유일하게 이해하는 인간이 아닐까 싶다. 트레킹 가이드가 알려준 노래인 네팔의 국민가요 정도쯤 될 듯한 '레샴피리리'는 한번 들으면 잊히지 않을 만큼 경쾌하고 중독성이 강한 후렴구를 가지고 있다. 사랑하는 이의 두근거리는 마음을 표현한 가사인데 동요나 민요처럼 쉽게 따라 부를 수 있는 곡이다. 배낭여행을 즐기던 미혼 시절의 경험이다. 한 번은 네팔 전체를 돌고 두 번째는 치트완이라는 남부 지방에 체류형으로 한 달 동안 머물렀다. 세 번째는 딸아이가 10살 되던 해에 3,200m에 자리한 남체 바자르라는 마을을 방문해 치과 의료 봉사를 지원했었다. 봉사단으로 동행했던 어떤 이는 나보고 네팔에 세 번씩 방문한 이유가 무엇이냐며 의아해했다. 고지대인 카트만두의 자동차 매연은 숨쉬기도 힘들다면서.

고등학교 시절 방학 중 보충학습을 힘들어했던 딸아이는 여름방학에 동물들의 천국을 가보자고 제안했다. 우리는 세 번의 비행기 경유와 배를 타고서야 에콰도르의 갈라파고스 섬에 발을 디딜 수 있었다. 방문객 수를 제한하고 동물들이 오롯이 생태계의 순리대로 살아갈 수 있도록 마련한 별천지였다. 그 섬에서만 만나볼 수 있는 희귀종의 동물은 경이로움 그 자체였다. 청각이

퇴화하여 곤충 사냥이 불가능하지만 180년을 산다는 땅거북은 신적인 존재로 다가왔다. 3~4m 남짓의 좌우 날개를 유유히 펴서 오래도록 비상할 수 있지만 큰 날개 때문에 지상에서의 걸음은 뒤뚱거리는 앨버트로스는 성찰의 한 주제가 되었다. 콧구멍이 닫혀 다이빙에 능숙한 푸른 발 부비의 신비로움은 그림으로 간직하고 있다. 어디서건 일광욕을 즐기던 물개와 바위의 점령자 이구아나까지 인간이 방해하지 않는 그곳은 동물의 낙원이었다.

　자연의 순수함과 원시림이 보존되고 있다는 파타고니아는 내 오랜 체험 버킷리스트 중 하나였다. 12시간의 시차를 가진 지구 반대편 칠레로의 여정은 그렇게 무지하게 시작되었다. 토레스 델 파이네 ('고통의 탑'이라는 의미) 국립공원의 더블유 모양 트레킹을 시도하기 위해 떠나기 9개월여 전 산장을 예약하였다. 먹을거리와 잠자리를 배낭에 이고 지는 캠핑형 등산은 도저히 엄두를 낼 수 없었다. 여행은 자고로 마음 떨릴 때 해야지 무릎 떨릴 때 하는 거 아니라는 어른들 말씀을 온몸으로 체험하는 시간이었다. 거대하고 웅장한 자연의 위대함은 인간의 언어로 표현하기 어려웠다. 그저 나약하고 얍삽한 인간의 잔재주가 더욱 초라하게 느껴졌다. 척박한 토양에 아름다움을 과시하는 고사목은 새로운 생명이 잉태하는 자궁이 되어주었다. 그리고 버티기 힘든 바람길 통행은 자연의 영역을 침범하는 인간에게 내리는 채찍처럼 따가웠다.

　지구본을 돌려가며 가고 싶은 곳들을 살펴보는 것만큼 설레는 일이 또 있을까 싶다. 부동산 자산이 전혀 없는 내게 냉장고 문을 거의 뒤덮는 방문지 기념 자석들은 무엇보다 귀한 재물이다. 밥을 먹거나 차를 마시는 동안 부착된 기념품 자석들을 바라볼 때면 그곳에서 접했던 에피소드와 풍광들이 떠오른다. 어디를 가든지 사람들이 살고 있으며 자신들의 언어를 사용하고 그곳의 자연환경에 적합한 의복과 주택 그리고 음식을 두고 살아간다. 우연한 기회가 생길 때마다 이방인인 나에게 그들은 따뜻한 식사를 권하기도 하고 수제 공예품을 선물하기도 하였으며 가족 행사에 초대하기도 했다. 그들의 피부색이나 종교적 신념 혹은 언어나 경제적 수준이 장애가 되었던 적은 없었다. 내 선입견이나 편견으로 인한 불신과 망설임이 가장 큰 걸림돌이었을 지언정.

　킬리만자로에서는 5,895m 정상에 도달하지 못했다. 4,700m의 키보 산장에서부터 시작된 고산증으로 위액을 다 넘기고 깨질듯한 두통을 질질 끌며 화산재로 뒤덮인 5,000m에서 하산을 결심했다. 생애 처음 시도해 보는 야간산행을 감히 킬리만자로에서 경험하려고 했다니 무모함이 지나쳤다. 10살에 3,200m를 오른 딸아이는 그 후로 10년 동안 계단도 올라가지 않는 트라

우마를 겪게 되었다고 두고두고 나를 원망했다. 갈라파고스 섬을 방문하기 위해 일주일 동안 바다 위에 떠 있는 요트 생활을 했던 우린 밤마다 뱃멀미로 지구가 도는 건지 내가 도는 건지 베갯잇을 부여잡고 밤잠을 설쳐야 했다. 파타고니아의 더블유 트레킹을 일부만 등반한 후 나는 미완성된 알파벳 더블유를 가슴팍에 주홍 글씨처럼 새기게 되었다. 실패의 경험은 세상 속 그 공간과 사람들을 더욱더 오래 그리고 깊이 기억하게 하는 힘이 있다. 나도 그들도 시민이고자 하는 세계인이다.

어쨌든 교사, 그래도 학교 그만둘까?

1판1쇄 발행	2023. 6. 30.
저 자	김희영
편 집 디 자 인	정은주
지 도 감 수	허병두
주 관	유네스코 아시아태평양 국제이해교육원
시 행 발 간	유네스코 아시아태평양 국제이해교육원
펴 낸 곳	주식회사 부크크
펴 낸 이	한건희
출 판 사 등 록	2014.07.15.(제2014-16호)
주 소	서울특별시 금천구 가산디지털1로 119 SK트윈타워 A동 305호
전 화	1670-8316
이 메 일	info@bookk.co.kr
I S B N	979-11-410-3387-3